KB016110

난 피고있는 꽃처럼 있을 테니

난 피고있는 꽃처럼 있을 테니

2019년 9월 2일 초판 1쇄 인쇄
2019년 9월 2일 초판 1쇄 발행

지은이 | 오연희, 이은미, 백은선, 이미란, 윤미예, 이다빈

인쇄 | 예인아트

펴낸이 | 이장우
펴낸곳 | 꿈공장 플러스
출판등록 | 제 406-2017-000160호
주소 | 경기도 파주시 회동길 301 (파주출판도시)
전화 | 010-4679-2734
팩스 | 031-624-4527
이메일 | ceo@dreambooks.kr
홈페이지 | www.dreambooks.kr
인스타그램 | @dreambooks.ceo

© 오연희, 이은미, 백은선, 이미란, 윤미예, 이다빈 2019

잘못 만든 책은 구입하신 서점에서 바꾸어 드립니다.

꿈공장⁺ 출판사는 모든 작가님들의 꿈을 응원합니다.
꿈공장⁺ 출판사는 꿈을 포기하지 않는 당신 곁에 늘 함께하겠습니다.

이 책은 저작권법에 의해 보호받는 저작물이므로 무단전재와 무단복제를 금합니다.

ISBN | 979-11-89129-35-4

정 가 | 13,000원

난 피고있는 꽃처럼 있을 테니

시인의 말 9

당신의 오늘   오연희

아침 버스 12   도시의 향 13   발자취 14   학교 15   보조개 16   차가운 봄 17   꿈속의 오후 18   상처 19   식곤증 20   여행지 21   광장 22   능소화 23   부모님의 편지 24   딸의 답신 25   글 26   염원 27   동화 28   나침반 29   옛 사진 30   나로 사는 일 31   청춘(靑春) 32   술잔 33   이해 34   오후 7시 지하철 35   행복 36   밤산책 37   고백하러 가는 길 38   도서관 39 반려(伴侶) 40   부활(賦活) 41   어른 42   숨 43   새벽 44   베개 45

나를 지켜줄 자연스러운 삶으로   이은미

안녕, 빗방울 48   누구도 혼자가 아니야 49   모르고도 남을 일이다 50   부족하기에 채워질 것이다 51   깜박하고 넘길 줄도 52   긴 새벽 53   나만이 할 수 있는 여유 54   하루품 55   그 선을 넘지 마오1 56   그 선을 넘지 마오2 57   나 돌보기 58   흘리는 것까지만 59   상처 놓아주기 60   태움 61   내일은 태양이 되자 62   뿔이 나다 64   잘 들어보면 65   얼간이가 붙인 얼가니새 66   생각하고 생각하라 68   꿈바다 70   반짝이는 힘 71   용기 72   잘 내려오기 73   더 밝을 것이다 74   에움길 75   아우렐리안 76   브라보 마이 라이프 77   매력발산의 시간 78   인생아 거울아 79 사랑하러 떠나요 80

페이지를 넘기며 감성을 삼키다　　백은선

치매 84　문방구 엄마 85　恨(한) 86　이별 後(후) 87　그게 있었더라면 88　사위에게 89　고무줄 90　데이트 가기 전 91　누구나 92　명함 93　산다는 것, 그리움 94　님과 함께 95　이별의 슬픔 크기 96　나를 되돌아보다 97　다이어리 98　알면서도 99　해줄 수 없는 말 100　계획 101　꽃길이 되어 102　골 아픈 인생 103　물어보지 마세요 104　고여가다 105　또보자 106　그만 좀 107　신장개업 108　나에게 묻는다 109　소독차 110　함부로 111　평생 112　무소식 113　아버지 114　성장의 길 115　청춘살이 116　새겨져 간다 117

미안해 그리고 사랑해   이미란

봄 향기처럼 120   아름드리나무 121   환상의 무도회 122   바람 불어 좋은 날 124   그립고 그리워서 125   누구에게나 있는 우산 스토리 126   거짓 사랑 127   그대가 행복하다면 128   그녀의 손 129   심장이 아프다고 울어 130   알고 있었다 131   그리워하다 132   그대 곁에 있고 싶어 133   다시 사랑할 수 있도록 134   추억하며 135   바보 같은 사랑 136   진작 해보지 못해 미안해 137   혼자만의 사랑 138   저를 봐주세요 139   동동주와 파전 140   하늘을 보는 이유 141   눈물의 정화 142   추억하나 상처하나 143   이별 영화 한 장면 144   사랑해 그리고 고마워 145   낙엽과 아스팔트의 사랑 146   가슴이 운다 147   천사같은 그녀 148   사랑아 149   비상 (飛上) 150   간장계란밥 151   아버지 152

봄날의 설렘으로 다가와 줄래요?   윤미예

파랑새야 부탁해 156   봄빛 소나타 158   설렘 159   여름 물가에서 너를
노래해 160   아침부터 설레잖아 161   나의 너 162   첫사랑 163   달내음
164   눈부신 너 166   마법의 주문 167   시린 겨울 당신 품으로 168   일상
속으로 살며시 169   햇님 170   마중물 171   설렘 172   봄빛 블루스 173
꽃바람 타고 온 너 174   사랑은 블루베리처럼 176   네가 그립다 178   낭
만자객 179   뜨건 여름도 꽃은 핀다 180   달달한 겨울밤 181   내편이 돼
줄래 182   싹 움트다 183   미식가 184   아침이 밝았어 185   햇살 따스한
어느 봄날 186   한잔의 여름 188   찬란한 상처 189

소소한 일상   이다빈

그림자 192   진심 193   병원 194   광야 196   거울 197   이름 198   음표
200   꽃잎 201   회상 202   다중인격 203   속초 204   변한 사람 206   집
순이 207   봄빛 208   사랑 209   아메리카노 210   가로등 211   애완식물
212   소파 214   여름 비 215   큰 할무이 216   장마의 시작 218   매미 219
일주일 220   소나무 222   공허 223   노을 224

불현듯 찾아온 한여름의 햇빛이
어제와는 다른
하루의 색을 비추어 주네요

무지갯빛 구름을 품은 눈과
환희로 물든 바람의 손을 모아 보내니

그곳의 햇빛이
그렇게 당신에게
더 많은 하루의 색으로 피어나길

당신의 오늘 <u>오연희</u>

당신의 오늘 하루는 어땠나요?
사랑하는 당신,
언제나 당신에게 따스한 바람만이 불어오길 기도해요.
오늘도 충만한 하루 보내시길
축복하고 또 축복합니다.

instagram : @_little_thinking

아침 버스

달리는 버스 위로
파슬파슬
작은 햇살 조각들이 내려앉는다

단어장을 포개고 잠든 아이의 머리 위에
한 줌

손잡이에 기대어 조는
첫 출근할 회사원의 서류가방 위에
한 줌

시장 짐을 한 보따리 짊어진
할머니의 양 쪽 무릎 위에
한 줌

잠든 아침들을 가득 싣고 달리는 버스 위에
파슬파슬
작은 위로의 조각들이 내려앉았다

도시의 향

어느 누구는 도시가 매정하다고 하지만
난 그 매정한 향이 좋습니다

또 어느 누구는 도시가 삭막하다고 하지만
난 그 삭막한 향도 좋아요

인정없고, 적막하고, 쓸쓸하고

하지만 난 그 모든 향들이 사랑스러워요

나처럼 마음 아픈 이들이 모여 만들어낸,
서로에겐 말 못 한 채 곪아가는 서글픈 향들이

발자취

살아온 발자취엔
각자의 인생이 담긴다

아름다운 삶의 발자취에선
따뜻하고 은은한 향기가 나고,

힘들었던 삶의 발자취에선
단단하면서도 쌉쌀한 향기가 나고,

정직했던 삶의 발자취에선
외롭지만 맑고 깨끗한 향기가 난다

그래서 나는 오늘도
꾹꾹
발자국을 남기며 걷는다

혹시나 내 발자취들 속에서도
사랑스러운 향이 나지 않을까 싶어서

학교

낡은 쇠 철문 소리에
슬며시 눈을 뜨는 나의 청춘(靑春)

망각의 바람이 불어도
내 오래된 책상 속 고이 접은 기억들은
여전히 숨죽여 쉬쉬 소리를 낸다

두터운 책상의 먼지를 쓸어내자
일렁이는 추억 하나
일렁이는 감정 두울

애틋함 한 송이를 책상 위에 올려놓은 채
낡은 쇠 철문을 등지고 나온다

새로운 바람에 몸을 맡기는 나의 현재(現在)

새로운 발걸음 속,
반짝였었던 청춘이 더 반짝이기를

보조개

볼우물 가득 당신이 차오른다

무한히 깊은 우물 속,
나는 끝내 그곳을 나가지 못하고
행복하게 익사했나니

차가운 봄

소담소담 핀 개나리 위에도
서리가 잔뜩 꼈다

따스한 햇살도
눈보라처럼 내리쳤다

걸음걸음마다 길이 얼어붙어
그 흔한 나비 한 마리, 내려앉지 못했다

원통한 마음에 빙판 위에 누워
흩날리는 벚꽃을 바라봤다

마음이 한겨울이라서,
설악산 꼭대기에 매달려 있어서
그래서 그런 거라고 했다

평생 오지 못할 따스함을 그리며
목 놓아 슬피 우는 오늘

꿈속의 오후

구름이 가장 사랑스러운 날
바람이 가장 감미로운 날

나는
나만치로 나이를 먹은 흔들의자와 함께
갓 끓여진 따땃한 티를 마시며
바람이 불러주는 노래 속 황홀한 오후를 느낀다

머리칼은 바람에 쓸려 허공으로 흩어지고
눈꺼풀은 햇살에 잠겨 헤어 나오지 못한다

하도 일어나지 못하자
작은 풀잎들이
일어나라고 일어나라고
가만가만 내 손등을 쓰다듬어준다

불어오는 설렘에
살랑이는 나의 오후

상처

하늘 아래 숨 쉬는 마음들은
저마다 큰 생채기 하나쯤 품고 산다
말 못 할 생의 굴곡이 하나쯤 있다

더 굽어졌다 해서
더 괴로운 삶이 아니며
생채기가 더 크다 해서
더 고통스러운 삶이 아니다
그것의 크기는 중요치 않다

단지 쓰라림을 품어 단단히 자라는 일
더 고귀한 자신으로 성숙하는 일
그 외에 중요한 것은 아무것도 없다

식곤증

책 속의 글자가
흔들흔들 춤을 춘다

눈 깜짝할 새에
하늘로 망울망울 번져가는
내 책 속 글자들

뒤따라 잡기엔 너무 졸려
포근한 책상을 베개 삼아 잠에 든다

여행지

아무도 없는 곳이 좋다
튼튼한 두 다리가 있으면 더 좋다
멋진 것을 담을 두 눈이 있으면 더더 좋다

마음은 텅 빈 것이 좋다
계획이 없으면 더 좋다

빈 마음 통엔 찰랑이는 여유 한 바가지를 담고
'나'를 이정표 삼아 걷는다

내가 가장 자유로울 수 있는 곳
온전히 '나'로 진실해질 수 있는 곳

광장

여보시오,
당신은 내가 어디로 가야 하는지 아시오

모두 가슴팍에 이정표를 붙이고
광장을 재미나게 누비는데,
나는 이정표가 없소
나는 어디로 가야 하는지 모르오

여보시오,
당신은 어디를 향해 그렇게 가고 있소

무어가 그렇게 재밌냔 말이오
사방천지 다 나의 길이 아니어,
난 지금도 광장 한가운데 덩그러니 서있소

나에게도 알려주시오!
내가 어디로 가야 하는지! 나에게도! 나에게도…

능소화

고고한 얼굴이
담장 너머 나를 내려다본다

거센 장대비에도
은은히 품어져 나오는 고매함

누굴 기다리나,
고귀함을 비집고
짙은 그리움이 초여름 가득 번진다

세차게 내리는 여름비 속
붉어지는 꽃잎
붉어지는 눈시울

그리고
붉어지는 애틋함

부모님의 편지

딸아,
갓 태어난 작은 숨결이
오물조물 했던 때가 엊그제 같은데
벌써 운동화 끈을 질끈 묶고
세상에 던져질 채비를 하는구나
우리가 바람막이 되기엔,
네가 너무 훌쩍 커버렸구나

괜찮다고 말하는 미소에 벅참이 담겨있구나!
그래, 나도 나의 부모님을 등지고
두려움 반, 설렘 반을 품으며 세상에 나갔었지

우리는 언제나 이곳에 있을 테니
세상에 찢겨 모두가 등을 돌릴 때
몰아치는 폭풍에 마음의 불씨가 사그라들 때

연락하지 않아도 좋으니
사랑하는 딸, 언제든 집에 돌아오렴

딸의 답신

나의 부모님,
이젠 당신들 없이도 혼자
두발자전거를 탈 수 있는 나이가 되었습니다

절 기다리는 세상에
두 발을 모두 담가야 한다는 것이
그걸 내가 혼자 해야 한다는 것이
기대되는 만큼, 너무나도 두렵습니다

아! 이젠 당신들의 바람막에,
더 이상 제 몸이 들어가지 않아요
하지만 당신들이 주신 사랑을 양껏 엮어
더 큰 딸의 그늘막을 만들어 돌아오겠습니다

단지 세상이 나를 등진 순간,
당신들의 작은 기도가 담긴
편지 한 통, 딱 한 통만을 보내주세요
내가 다시 일어서, 집으로 돌아갈 수 있도록

글

나의 글이 당신에게 갈 때,
나의 삶도 당신에게 간다

구불구불 활자를 타고
당신의 감정선 위에 조심스레 내리 앉는다

사뿐사뿐 걸어
당신의 마음으로 향하는 길

거추장스러운 활자는 벗어던진 지 오래,
아주 조용히, 당신의 마음에 스민다

당신이 나의 글을 읽을 때,
나의 삶도 당신에게 읽힌다

염원

사랑이라는 붉은 실을
새끼손가락에 매달고
평생 서로를 위하며 사랑하자는 약속이
훗날 바람을 타고 부서진 채 날아와
나의 마음에 깊은 골로 남겨지지 않기를

동화

나의 유년(幼年),
어머니는 잠들기 전
매일 동화책 3권을 읽어주셨지

옛날 옛적에 어느 마을에…
토끼와 호랑이가 살고 있었어요…

이야기가 깊어질 때쯤,
부드럽고 단아한 목소리는
어린 딸의 가슴에 포근히 덮이고,

새근히 잠든 어린 딸은
어머니의 눈망울에 가득 담긴다

나침반

안경을 쓰지 않은 날엔
발소리로 당신을 찾는다

바람이 부는 날엔
체취로 당신을 찾는다

사람이 많은 날엔
심장 소리로 당신을 찾는다

쿵
쿵
머리부터 발끝까지의 모든 신경이
당신을 찾기 위해 움직인다
당신을 쫓기 위해 움직인다

옛 사진

바래진 오래된 내 사진 속
토막 난 일순의 시간이 깊이 잠들어있다

후후 불어 먼지를 닦아내는 순간
얼어붙었던 시간이 깨어나고
그때의 감정들은 살아나
나의 가슴을 울렁이게 한다

나 참 열심히 살았구나
예쁜 것들도 보고
소중한 사람들과 추억도 쌓고
맛있는 것도 먹었구나

기쁜 마음이 들어야 하는데,
눈가가 너무 시리다

나로 사는 일

길가에 핀 자그만 들꽃에
사랑스러운 눈길 한 줌
던져주는 일

세간에 휩쓸려도
나를 잃지 않고 사는 일

꿋꿋한 두 다리로
힘차게 걸어가는 일

사람들의 타박 속에서도
순수(純粹)를 지키는 일

어떤 풍파를 겪던
스스로의 편을 올곧이 들어주는 일

나로 사는 일
참 어렵다

청춘(靑春)

누가 나의 봄이 끝났다고 말하느냐
내 걸음걸음마다 서린 것이 푸른 봄이거늘
내 마음 구석구석마다 맺힌 것이 푸른 봄이거늘

술잔

타성에 젖은 삶들이
옹기종기 술잔 앞에 모였다

술잔 가득 차오르는 맑은 근심
서로의 잔을 마주 보고
도란도란
조곤조곤

깊어지는 달빛 속
깊어지는 그들의 애환

하지만 톡 털어 마신 빈 잔 속
다시 잔 가득 차오르는 맑은 희망

이해

얼마나 거만했던가

내 몇 해 살아보지 못한 좁은 식견으로

당신의 키를 재고 폭을 재고
내가 살아보지 못한 당신의 삶을 재단하고
'당신은 이런 사람이야'라고 스스로 결정하고
이제야 당신을 온전히 이해했다고 확신하고

결국 자신의 관용에 도취된 스스로의 모습이

얼마나 거만했던가

오후 7시 지하철

고단한 삶이
지하철 한 칸에 그득하게 모였다

피곤과 온갖 감정들이 덕지덕지 붙은 얼굴들은
지하철 차창 밖으로 스미는 노을을 베개 삼아
꾸벅꾸벅 졸고 있다

아우성 칠 힘조차 없는 각자의 삶이,
웅크려 잠들어 있는

오후 7시 지하철

행복

지친 몸을 쉬이 침대에 눕히기 전,
거쳐야 하는 의식이 있다

우선 얼굴 곳곳에 달라붙은 고단함을 떼어 낸다
그 다음은 하루의 끝을 보들하게 만들어 줄
스킨과 로션을 담뿍 바른다

개운한 맘을 가지고 설레히 냉장고를 연다
작은 비스킷과 맥주 한 캔 이면 충분하다
남은 피로 찌꺼기들을
과자로 와삭! 맥주로 꿀꺽!
잘근잘근 씹어 삼켜버린다

취기가 완전히 올라오기 전까지
재미난 프로를 본 후
고단함이 다시 몰려오기 전에
잽싸게 침대에 눕는다
'휴, 오늘 하루도 잘 버텼다.'

밤산책

찬 바람 아래에
짙은 풀향기가 자욱이 깔렸다

반짝이는 가로등 불빛 속엔
차가움이 스며들고

밤 내음을 느끼는 당신 속엔
사랑스러움이 스민다

자박자박
당신의 발소리가 세차게 마음을 두드릴 때,
벅찬 마음이 터져 저절로 나오는 탄식

아, 이 얼마나 숨 막히게 아름다운 밤인가

고백하러 가는 길

가로등 아래,
사랑하는 당신을 보러 가는 길

어스름한 달빛이 환히 길을 터주고
별빛이 뒤따라 흔들거리는 이 밤
울렁이는 가슴을 진정치 못하고
산들거리는 밤바람에 마음을 맡긴다

오감을 지배한 나의 심장소리
준비하려 애써 외운 말들은
뒤꽁무니로 줄줄 흘러 사라져 버렸다

모두가 숨죽여 지켜보는 밤,
나의 눈동자 속 그득하게 찬 당신,
파들 떨리는 입술에 절절함이 맴돈다

사랑하는 당신, 사랑하는 당신
당신을 사랑해요

도서관

오후 11시,
도서관 운영 시간이 끝나야
비로소 그들의 하루도 끝이 난다

양 어깨에
그들이 맨 가방만큼의 인생을 지고
양 손엔
그들이 푼 문제만큼의 책임을 지고

강물을 거슬러 올라가는 연어처럼
아등바등 집으로 거슬러 올라간다

도서관 불이 꺼져야
그제야 그들도 편히 눈을 감을 수 있다

반려 (伴侶)

문가에 앉아있던
나를 기다리는 똘망한 눈

말을 하지 못해도
이 방을 가득 채웠던 네 사랑스러움이
다, 빠져나간 자리

네가 나에게 묻히고 간 네 생애,
아무리 깨끗이 샤워를 해도
집을 말끔히 청소해도
네가 보낸 시간과 체취는 너무나도 짙다

미안해 그리고 고마워
나의 삶을 반짝이게 빛냈던 너
다음 생에도 연이 닿아
나의 반려(伴侶)가 되어주길

부활(賦活)

하얀 설원
수북이 덮인 눈밭 아래
쉬이 잠든 나의 가녀린 영혼

볕 한 줌 없는 마음의 샘 아래
쇠고랑을 차고 불쌍히 웅크렸다

지독한 겨울,
작은 희망의 태동을 느끼기 위해
가느다란 생의 자락을
악착같이 붙잡고 있는 나의 삶

살랑
샘 위에 떨어질 작은 떨림을 기다리며
오늘도 부활(賦活)을 소망한다

어른

저어기
어른의 껍질이 걸어간다

흐느적흐느적
자신에게 맞는 껍질이 무언지도 모른 채,
양 어깨를 애써 빳빳이 세우고
큼지막한 껍질을 둘러 업었다

그 속의 작은 어린애는
껍질이 너무 무거워 매일을 서글피 운다

하지만 껍질은 두꺼워서
아무도 알아채지 못한다

저어기
어른의 껍질이 기어가고 있다

흐느적흐느적

숨

수조 안 가득히
그리움이 차있다

그 안에 잠겨
있는 힘껏 숨을 참았건만

몇 초를 견디지 못하고
폐와 심장, 그리고 혈관 곳곳으로
울컥울컥 차오르는 당신

새벽

참회의 시간
나는 잠들지 못한다

그 대신 어둠 속에서 눈을 부릅뜨고
지키지 못한 것들을,
흘러가 지난 것들을,
슬프게 보낸 것들을
생각한다

상념의 조각들은 새벽 별이 반짝이는 동안
절대 나를 놓아주지 않는다

속죄의 시간

동이 터 오르고 나서야
비로소 나는 잠들 수 있다

베개

고민이 있나요?

그렇다면 잠들기 전
예쁘게 포장해
내 머리맡에 놔줘요

당신이 깊은 잠에 들면
달님께 가져가라고 일러두었어요

부디 내일은
내 머리맡에 당신의 행복이 있기를

좋은 꿈 꿔요

나를 지켜줄 자연스러운 삶으로 이은미

각박한 세상에 나 하나쯤은
자연스레 살았으면 하는 마음으로 삽니다.
소나무 같은 고집,
바람에 날리는 우유부단함,
하고 싶은 걸 타고 물처럼 흐르나,
자주 돌처럼 굳어지는 겁쟁이입니다.
여러분의 두 발은 보다 굳건히 서있기도
당당하게 내딛기도 하길 희망합니다.

instagram : @hambak_91

안녕, 빗방울

창문에 톡 하고 떨어진 빗방울은
저 아래 바닥까지 가기가 무서워서
창문에 부딪혔을까

톡 하고 떨어져 쓰윽 미끄럼틀 타는 게
저 아래 친구들과 물장난하는 것보다
더 재미있었을지도 모르겠다

나는 빗방울 네가
어디에 어떻게 떨어지든지
네 소리가 반가울 뿐이다

누구도 혼자가 아니야

깜박깜박하는데도
벌레들이 모여든다

깜박깜박하여
사람이 다가간다

망가진 가로등은
울고 있던 걸까

나도 잠시
눈을 깜박깜박
해본다

모르고도 남을 일이다

매번 눈을 감고 있어서인지
꿈이란 것이 무엇인지
모르고도 남을 일이다

매번 발로만 차봐서인지
목표(Goal)이란 것이 무엇인지
모르고도 남을 일이다

매번 뒤져보기만 해서 인지
행운이란 것이 무엇인지
모르고도 남을 일이다

매번 주저앉을 고민만 해봐서인지
나도 내 삶이란 것이 무엇인지
모르고도 남을 일이다

부족하기에 채워질 것이다

쉬이 그려지는 직선이 답답하여
바위집을 짓는 둥근이의 심정과

가진 것과 그 외의 아름다움도 꿈꾸며
발레로 몸을 피우는 곧은이의 심정이

모두 공존하는 이곳이라
우리는 오늘도 좀 더 완성형이 된다

깜박하고 넘길 줄도

축복과도 같은 불꽃이
반짝반짝 내게 오는데도
그 빛 모두 눈에 담지 못하고
깜박 눈을 감았습니다

고작 빛도 못 담으니
아이코 넘어져
눈앞에 떡을 놓친다는 게
어쩌면 맞겠습니다

빛에 눈이 멀어
못 봤구나 하고
한 번의 실수쯤에는
눈 감을 수 있겠습니다

긴 새벽

내일의 태양은
저 멀리 해왕성쯤에서
떴으면 좋겠다

푸르스름한 새벽 공기로
비워내는 시간을
길게 갖고 싶다

잠시만 멈춰 서서
돌아보아도
누구도 방해하지 못할
달과 태양의 시간을

나만이 할 수 있는 여유

뜨거운 오후의 바람에
드러누워 버린 나를
바쁘기만 한 시간은
움직이라고 재촉하겠지

잠시만 시계를 멈춰
시간을 놓아주자

끝없이 흐르는 시간에게
멈출 수 있는 것은
나 하나밖에
없으니

하루품

무거운 눈꺼풀이 내 의지와 다르게 떠지고
그보다 무거운 몸은
내 의지와 다르게 일으켜지지 않는

꽉 막힌 아침보다
꽉 막힌 저녁이라 더 답답한

이리저리 돌아다니면서 땀은 뻘뻘 흘렸는데
일기장에는 적을 말이 하나도 없는

그런 하루이지만

나는 그래도
오늘의 하루품에 폭하고 안기고 싶다

고생했다

그 선을 넘지 마오 1

네게 주고 싶은
나의 마음
나를 갉아먹는
땅따먹기

겨우 세워놓은
나의 울타리
자꾸 다가오는
땅따먹기

인생의 깃발은
그 무게로 곧장
무너져 내리니
그 선을 넘지 마오

그 선을 넘지 마오 2

나는 갑자기 떠났지만
너는 이미 떠났을 수 있다

모두는 모두의 삶의 경계를 가진다

나의 삶의 경계선을
코앞으로 그려두기까지

버리고, 견디고, 이해하고
수없이 빼기를 거듭하여
그려진 나의 마지막 울타리

거기 그 선을 넘지 마오

나 돌보기

저절로 떨궈지는
고개를 넘어
등을 쓸어내린다

곧게 흘러내려
쏟아 오른 고개의 기운이
네게로 꽂힌다

내가 돌이 되는 것이 아닌
너를 돌 보듯 하여
나 돌보기

흘리는 것까지만

투명한 눈물에
두 눈이 붉어지는 것은
경고등이 울리는 것이다

울고 흘려버려
그렇게 거기까지만

속으로 들어와
가라앉지 않도록

눈에서부터 막는
붉은 경고등

상처 놓아주기

마음의 창을
주먹으로 깨세요

주먹의 붉은 꽃잎이 떨어져
기다림이 조금 흐를지라도

쏟아진 바람의
소리가 새어

당신의 마음이
한결 시원해질 거예요

태움

뜨거운 불길 속에서
달궈질 것인지
태워질 것인지

투명한 유리는
유연히 몸을 비틀어
불길을 감싸며 배우고

날이 선 강철은
더욱이 강인하게 모여
불길을 베며 배웠으니

재가 되고 있는
마음을 더 굳건히 잡아
모두를 투영하고
예리하게 파고드는
나로 태운다

내일은 태양이 되자

밝게 떠오르는 태양은
늘 희망의 다른 말이 된다

내일의 태양을 기대하며
어떠한 걸음을 내딛을지
얼마나 멀리 나아갈지
고민하고 준비한다

스스로 빛을 내는 태양은
항성, 멈춰있는 별이다

자기의 자리에서
굳이 움직이지 않고도
사력을 다해
끊임없이 빛을 내뿜는다

내일은 태양이 되자
나에게 주어진
어느 자리에서도
빛날 수 있는 항성이 되자

뿔이 나다

선택된 자에게서만
거죽을 뚫고 뿔이 자랄지니

가진 것이 없다 하여
할퀴는 일 없게 하여라

물어뜯기만 할 몸에게서는
누릴 수 없는 영광이 있도다

나를 지키고자 하는 자만이
거죽을 뚫는 왕관을 꿰차

남의 것을 소중히 하고
나의 것을 굳건히 하는

그런 뿔이 날지다
그런 뿔을 가질지다

잘 들어보면

버드나무 잎을 흔드는 것은
사귀의 곡소리가 아니라
휘이– 연인의 휘파람 소리이고

녹아내리는 하늘 아래
개미들의 욕지거리가 아니라
쨍쨍– 한여름의 태양이 노는 소리이며

벌겋게 누렇게 물든 산등성이에서
자꾸만 떨어져 나가는 낙엽은
슥슥– 상쾌하게 양치하는 소리임에

홀로 앉아 등불 하나 밝힌
이 추운 골방의 입김은
호오– 등 덮어주는 흰 담요 오는 소리이다

얼간이가 붙인 얼가니새

20m 상공의 하늘에서
얼가니새는 그 속을 훤히 보았겠다

검푸른 깊은 바다는
여러 숨들이 모여
그 빛이 어두운데도
푸른 하늘의 얼가니새는
시속 100km로 뛰어드는 것을 보면

바다를 박차고 오른
얼가니새는 믿고 있었겠다

시원한 다이빙 후에
사람이 탄 배에
앉아서 쉬면서
여유를 부리다
덥석 잡히는 것을 보면

우리가 이름 붙인 얼가니새로
내가 그렇게 살아야겠다

온 힘을 다해 미지로 뛰어들고
온 마음을 다해 미지를 믿어
붙여진 얼간이라면
내가 그리 살아야겠다
얼가니새가 되어야겠다

생각하고 생각하라

소는 위가 네 개라
곱씹고 곱씹어
넘기고

개미는 턱이 두 개라
집고 또 집어
넘기고

문어는 심장이 세 개라
뛰고 또 뛰어
넘기고

거미는 눈이 여러 쌍이라
보고 또 보고
넘기는데

한 번에 넘겨야 하는
우리의 인생이라
넘어질 수 있을지라

우리는 방법이 무한하여
생각하고 생각하여
넘기리라

꿈바다

돌고래는 산을 넘듯
출렁이는 바다를 넘어 다닌다
어쩌면 깊은 밤
우리 몰래 달을 넘었을지도 모른다
들숨처럼 한껏 뛰어오르는 것에
익숙한 돌고래
그 등에 올라
세상을 뛰어넘고 싶어
깊은 밤바다에 나의 꿈을 그려뒀다

반짝이는 힘

모든 어둠이 네게로만 왔다고 생각될 때
잠깐 고개를 들어보는 건 어때

저 멀리서 너를 깨우는
별들에게 양 팔 벌려 인사해 보는 거야

은하수 빼곡히 서 있는 반짝이는 별들의
응원이 너에게도 닿는 걸 느껴봐

그리고 너 역시 저곳으로 빛이 되어
날아가고 있다는 걸 잊지 마

용기

무엇을 하고자 할 때의 용기는
그저 하고 싶은 것을
담는 데에만 써도
충분할지 몰라요

잘 내려오기

희어서 아무것도 없는
무백의 하늘로 가는 길보다

둥둥둥 구름을 타고
뾰족한 건물을 피하고

폭신한 꽃잎에 튕겨
소나무 꼭대기의 아기와 인사하고

내려와 땅을 잠깐 밟아도
이보다 더 즐거운 여정이 없으리다

나는 내려가는 것을 기다리며
오늘도 한 걸음 오른다

더 밝을 것이다

심해의 평야는 보지 못하고
밤하늘의 달만을 본다

내 마음속 하나 그릴 줄도 모르고
저 멀리 꿈은 솜털 하나까지 그린다

가끔 고개를 숙여
심해 저 안을 보도록 하자
누군가는 빛을 내고 있을지 모른다

분명 저 달보다 더 밝을 것이다

에움길

굽이굽이 에워 돌아가
에움길이라고 했다
굽은 등을 가진 할머니가
굽은 길을 가는 모습에
세상이 굽어 보였다
고생을 얹은 허리는
언제나 펴지시려나 원망을 했다
정작 에움*을 해준 게 없지 않은가

할머니, 길이 너무 굽어요
예끼, 이것이 뭣이 굽어
둘레길만치도 못하다 야-

눈으로만 보다가 혼쭐이 났다
할머니는 이미 곧은 세상의
곧은길을 걸으시는 듯하다

*에움: 무엇을 갚거나 배상함

아우렐리안

애벌레를 잡는
아우렐리안*이 되자

다 자란 나비의 성공은
잡으면 잡을수록
쉬이 부스러져

자라나는 애벌레의 성장은
기다리고 기다릴수록
힘껏 내디뎌

내 안의 애벌레를 찾아
아우렐리안이 되자

*아우렐리안: 곤충 채집가,
일반 계급 출신의 로마제국 황제

브라보 마이 라이프

당신의 웃음이
노래가 되고

당신의 한숨도
바람이 될 수 있는 곳

당신의 모든 생,
어쩌면 지금

매력 발산의 시간

사람들 앞에 서면
나도 모르게 얼굴이 달아오른다
벌겋게 변해가는 얼굴을
식혀보고자
찬물도 마셔보고
손으로도 만져보고
별 수를 다 써보지만
별수 없다

왜냐하면
그들 앞에 선 내가
너무 신이 나
에너지를 발산하고 있는 것이니까

인생아 거울아

인생아
내 얼굴에 묻지 말어라
나도
젊은것 안 부러워할 테니

거울아
내가 줄 선물이 있다
거기
콩깍지 좀 붙여두어라

그래서
누구보다도
내가
나를 좀 더 사랑하게 해라

사랑하러 떠나요

버스에 앉아
창가만 내다보아도
파노라마 수십 편이 지나간다

엔진의 진동과
바퀴의 덜컹거림이
나를 더 신나게 흥을 돋운다

헤드폰에서 번지는 음악에
온 시선도 같이 물들어
완벽한 OST로 흐른다

지나가는 모든 것에
번갈아, 때로는 한 번에 윙크하며
나만의 촬영을 시작한다

모든 순간이

황금종려상인데

이 좋은 영화에서

나만 나를 볼 수 없다는 것이

아쉬울 뿐이다

페이지를 넘기며 감성을 삼키다 백은선

내리쬐는 뜨거운 태양 아래
점점 시들어가는 내가
할 수 있는 건,
지난 페이지를 넘기며
제자리로 다시 돌아오는 것.
살아남기 위해 눈물을 삼킨다.

instagram : @sunny_back

치매

뾰족한 우뚝 선 날카로운 날 만이
자극하여 필름을 끊어낸다

뚜벅뚜벅 밟아온 내 고향
이팔청춘 지나 긴 터널을 넘어온
얼룩져 가는 나이

허허벌판에 망각이 되어 번져간다

새겨진 낱말이 허물어진다

문방구 엄마

사시사철 꽃은 피고 질 때
열 손가락은 피질 못해

바람 잘 날 없어
옹골지게 박힌 굳은살

새파란 청춘의 내막

색종이 한 묶음 팔아
빛바랜 동전을 움켜든 채
소리 없는 눈물을 남발하며
포대기를 끌어안는다

恨(한)

우리 할멈은요 미스 춘향이 보다
비단결같이 고왔더래요

숟가락 한 짝 들고 옷 여벌 짊어지고
물 한 그릇 떠놓고 한번 잘 살아 보세
한지가 엊그제 같은데

이 평생을 살아도 단 한 번도
사랑한단 말 못 한 게
가슴 한편에 돌부리가 쿵 내려앉아
응어리가 지네요

노상
소리만 지를 줄 알았지

이별 後(후)

초연함을 일깨우지 못해 쓰린 속을 붙잡고
간간이 조여오는 숨통을 짓누르며
베개가 촉촉해져 아려져온다

입에 닿은 아이스크림은 녹아져
마른 침만 삼킨다

유난히 맑았던 햇빛은
뿌옇게 피어오르는 안갯속에
뒷모습만이 서서히 진해져온다

엉킨 실타래는 결국 풀지 못했다

그게 있었더라면

괜한 걱정에
그윽한 스마일을 바라고

괜한 심술에
달짝지근한 하트를 바라고

괜한 오해에
마음이 조금 무거워진다

이모티콘을 붙이지 않아
아주 사소하고도 특별한

사위에게

한없이 여린 순정 같은 마음에
바람결에 눈물을 보일 땐
잠시 단비가 되어
우리 딸에게 머물러 갔었네

시들어 가는 꽃도 가여워하는
여린 소녀이기에
일편단심 민들레라네

살갗이 그을려 변해온다 하여도

사위야
곱다고 꼬옥 안아 주게나

고무줄

내동댕이 쳤더니 숨바꼭질을 한다
포장하는 아줌마가 꽁꽁 묶어줬건만

어디론가 빈틈 사이로
숨어버린 끈질긴 녀석

마음이 흩트려지지 않게
단단히 묶어줬으면 얼마나 좋으려나

마치 내 마음 어디 도망가지 않게 말이다

데이트 가기 전

콩알만 한 심장을 툭 건들어도
날아갈 것만 같은 들뜬 기분

오돌토돌한 살결에
싹이 올라왔을 때
찌푸린 얼굴을 내밀며
한 땀을 기울여 완성해 나갑니다

화사한 생기를 주는 베이스를
톡톡 발라보기도 하고

따스한 온기를 맞닿은 촉감에
상큼한 오렌지색을 집어 입술에
쓱쓱 발라 보기도 합니다

이쁘단 말 한마디 듣고 싶어
오늘도 나는 당신에게 약속 시간을
못 지키는 여자가 되어 다가갑니다

누구나

마른 가지에 목마름이 되어온다

들녘에 휘날리는 바람이 되어
흔들리기도 한다

씨앗을 뿌리며 한해 농사에 소임을 다하며
꿈을 실은 채 하루살이에 힘을 쏟는다

그늘진 응달에 햇빛이 쨍 비추어
살아가길 바라며

명함

꼬깃꼬깃 구겨져 버려진 필자는
자존심의 먹칠이 되어 갈기갈기 찢어오네

곱게 펴진 단 한 장의 가치는 선선한
미소를 불어주는 한줄기 빛의 인연이 되리라

산다는 것, 그리움

구슬픈 어머니 노랫가락만 들어도
굳세어라 나는 어디 가고
정처 없이 떠도는 갈매기가 되어
끼룩끼룩 슬피 울어 대네

치맛바람 날아갈라 묵 팔던 어머니는
어데 가고 곱게 빗어낸 순두부 같은
어머니 영정 사진만이 나를 구슬프게 하네

저 멀리 보이는 별빛 하나가
마지막 작별 인사를 향해 기웃기웃하네

님과 함께

노을 지면 오시려나
밥님이 지펴간 따스한 탄불이
꺼져간다

탕국 데펴놨건만
날파리만이 잔뜩 고여
방안에 가득 메워간다

오솔길 따라 들길 따라
손 흔들고 웃음 지어 오면
얼마나 좋으려나

이별의 슬픔 크기

어차피 오늘 헤어지나
내일 헤어지나
슬픈 건 똑같은데
단지 하루 덜 슬픈 거지

나를 되돌아보다

밤을 비추는 희푸른 달빛 아래

덧없는 세월
가는 이 청춘
썰물이 되어 흩어진다

어제와 오늘, 지난날을
되새김질하며
박힌 가시를 하나씩 꺼내본다

다이어리

가물가물한 기억의 메모리들
뒤죽박죽 삐뚤한 펜 자국만이
그날을 말해준다

잉크에 번진 시린 눈물에
사계절을 담은 기억 소생

핏빛으로 물들었던 악몽의 쓰라림

사방으로 피어오르는 웃음꽃 만발했던
꿈만 같은 설렘

한 문장 한 문장들이 쓱 스쳐져간다

알면서도

실낱같은 작은 소망을 담아
유유히 살아간다

보이지 않는 밧줄을 잡으며
하루를 버티며 시간에 맡긴 채 살아간다

언젠가 무너지며 끊어질 거 알면서도

해줄 수 없는 말

차가운 냉기만이 도는
해지는 밤

펑펑 울며 찾아왔을 땐
고작 내가 할 수 있는 건
잔을 가득 채워 주는 것

서럽게 흐느끼는 눈시울에
이유를 물어보지 않는 것

너의 얼음장 같은 손에
꼬깃꼬깃한 쌈짓돈을
쥐여주는 것 밖에는

계획

언제부턴가 말만 번지르게 하는
양치기 소녀가 되었다

동이 트고 가로등 아래
날이 저물어 가여도
변한건 없었다

자기 전
나에게 주는 위로의 한마디

내일부터 하면 되지 머

꽃길이 되어

능소화가 흐드러지게 피어 나는 꽃 냄새여

걸어가는 길이 질퍽한 습지를 매워
자갈밭이 되고

손톱 사이로 무르익은 자욱한 손때만이
험한 길이 될지라도

헝클어진 이 마음 가는 길이 꽃밭이 되어
한 올 한 올 풀어 갈 수만 있다면

얼마나 좋을까

골 아픈 인생

빚에 허우적대
불량자 되는 건 한순간

가난에 허우적대
식구가 늘어날수록 제자리걸음

이별에 허우적대
그리움에 잠 못 자
몸 하나 가누지를 못해

직장 상사에 허우적대
점심 한 끼라도 마음대로
고르지를 못해

살기 참 힘들다

물어보지 마세요

괜찮냐고 물어보신다면
물어보지 마세요

꾸역꾸역 잔을 붙잡고
메말라버린 감정을 삭히는 중이니

아프냐고 물어보신다면
물어보지 마세요

더딘 상처에 아물지를 않아
매일 밤 서러움에
온통 먹구름투성이니

고여가다

쌓여가는 고인물을 덜어내지 못해
울분을 토해본다

피 끓는 청춘의 투지는 허공으로
서서히 사라져만 간다

될 듯 안될 듯 오락가락한
인생무상 속에
쌍무지개는 자취를 숨기고

궂은 소나기만이
촉촉이 눈가에 젖어온다

또 보자

삼겹살 한 점을 숟가락에 넌지시
건네주고 쫀득한 기억을
주섬주섬 모아 잔을 기울인다

후끈 달아오르는
동네 골목의 잔향이 소복이 쌓여 간다

발그레 비춘 투명한 잔에
열기만이 가득해지고

속절없이 흐르는 시간에
아쉬움을 꾹 누르며
제 갈 길 가련다

또 보자,라는 말을 남기며

그만 좀

같은 말을 몇 번이나
반복하는지

생색에 마음에 있지 않는 소리만
늘어지는 순간
따뜻한 커피는 서서히 식어 갑니다

이토록 집이 그리운 건 왜일까요

남의 사랑타령 들어주려니
죽겠습니다

신장개업

사람에 치이고
사람에 울지만

사람에 치여야
먹고살지

돈 셀 때만 불러 이 친구야
망했다고 찾아오지 말고

나에게 묻는다

사나운 사냥개 한 마리가
내 앞에서 으르렁 거린다

흥부는 기꺼이 입마개를 물어 주었고
놀부는 기꺼이 입마개를 풀어 주었다

손 내밀어 일으켜주는 사람
손 내밀어 넘어뜨리는 사람

나에게 묻는다
정녕 잘 살아왔는지
정녕 내 옆엔 누가 있는지

소독차

뿌옇게 오르는 뭉글뭉글한 묘한 향이
스멀스멀 유혹하고
나를 보호하던 따뜻한 손을
놓아 버렸다

눈꼬리가 쓱 올라가며
거침없이 뛰어올라 자유를 만끽한다

콧물은 범벅이가 되어
눈동자가 짙어져 보일 때
그제야 난 엄마 손을 찾는다

함부로

함부로 덤비지 말라
장차 크게 되어 낙인으로 찍혀
큰 그림을 그려내지
못할 것이니

함부로 주워 담지 말라
굴러오는 복도 네 발로
다시 걷어 차일 것이니

함부로 씹지 말라
단물 빠지면 쓴맛을 느껴
처량한 신세가 될 것이니

끝내 귀 기울이지 않는다면
쥐 죽은 듯이 살아갈 것이니

평생

손에 남은 굳은살은
살아온 날을 대변해준다

가장 단단하게
가슴 깊이 남은 흉터들은
살아온 아픔을 대변해준다

마치,뿌리 깊은 훈장처럼

무소식

밥알이 굳어간다
윤기가 식어간다

표정도 굳어간다
사랑도 식어간다

함께 먹으려 했던 밥상
제사상이 되어간다

아버지

아버지가 되어 아버지를 알게 됩니다

술에 취해 비틀비틀 되던 아버지를
창피하다 못해 숨어 버린 아들

졸업식날 허름한 옷차림에
아버지를 외면해야만 했던 아들

아버지가 되어 아버지를 알게 되니
작은 언덕으로 변해 버린 아버지

술 한 잔 뿌리며 목놓아 불러봅니다

이보소, 아버지요 죄송합니데이

성장의 길

곱씹을수록 뼈를 도려낸
아픔은 있었을 것이고

어리숙한 판단은 명확해져
성장의 발판이 될 것이다

사시 떨 듯 두려워 말자
한철이 가면 한때가 되어 오니

소신 있게 소명을 다해 살면 돼

너의 삶을 누가 대신 살아 주지 않으니

청춘살이

지금껏 살아온 생의 한 시기

시간을 거슬러 간다면
어느 페이지로 돌아볼까

지난날을 거꾸로 넘길 수 있지만
가는 길이 막힌다면
다음 페이지는 없다

그깟 한 걸음이 뭐길래

새겨져 간다

흔적을 곳곳에 남겼을 지문
누군가가 불러준 나의 이름

고요함 떨림 스치는 미세한 울림
잔잔한 선율의 주인공

긴 여행을 끝으로 홀연히 빈 껍데기로 떠난다
그리운 가슴에 짙어져간 슬픔을 남기며

미안해 그리고 사랑해   이미란

"미안합니다."

"고맙습니다."

"사랑합니다."

여러분들은 말을 아끼지 말고 입으로 내뱉으세요.

자신에게 행복의 부메랑이 되어서 돌아옵니다.

"여러분 사랑해요."

instagram : @sky____lee

봄 향기처럼

너였니?
살랑살랑 불어오는 바람에 묻혀서
나에게 입맞춤을 하네

네가 올 줄 알았어!
몰래 불어오는 바람에 숨어서 오면
모를 줄 알았나 봐

따사로운 햇살에 묻혀서
나의 얼굴을 데우는 봄 향기
온몸으로 흠뻑 느껴 본다

사랑은 봄 향기처럼…

아름드리나무

너의 허락도 없이
나의 마음 전부를 주고
너의 양해도 없이
나의 육신 전부를 주고

어리석고 미련하게도
그 마음 거둬들이지 못해
우두커니 이 자리를 지키고 있어

두 다리가 뿌리가 되어 내리고
양팔이 가지로 뻗어 나가고
검은 머리카락이 나뭇잎이 되고
길고 긴 기다림을 견디지 못한 나는
한 그루의 아름드리나무가 되었네

환상의 무도회

시끌벅적한 모닥불 열기에
여기저기 사람이 모여든다

그때 조용히 울려 퍼지는
바이올린 선율
술이 한 두 모금씩 더해지자
집시들은 흥에 겨워서
리듬을 타기 시작한다

머릿속을 갉아대는 현의 소리
심장을 할퀴는 바이올린 소리

한 집시가 춤을 추기 시작하자
그 열정에 박수로 흥을 돋우고
들뜬 분위기에 춤을 추는 집시는
온몸을 음악에 맡긴다

고조되는 분위기에 춤과 혼연일체가 된
그녀에게서 눈을 뗄 수가 없었다

떨어지는 땀방울조차도 빛이 되어 흩날렸다

음악의 끝을 알리자
탄식의 소리와 함께
그제야 숨이 터지는
소리가 들려온다

보름달 아래에서 펼쳐진 환상의 무도회였다
하지만, 박수를 치는 그 누구조차도
그녀의 피가 흥건한 발바닥을 본 이는 없었다

바람 불어 좋은 날

둥실둥실
마음이 구름 같아
말랑말랑
마음이 비눗방울 같아

떠다니는 구름에게 물어볼까
알록달록 비눗방울에게 물어볼까

간들간들
내 마음에 봄바람이 불어와
살랑살랑
내 마음에 산들바람이 불어와

사랑이 찾아온 것이다

그립고 그리워서

코 끝으로 느껴지는
그대만의 향기
손 끝으로 그려지는
그대만의 실루엣

흠뻑 들이켜보고
슬며시 그려보고
그대를 느껴본다
그는 항상 따뜻했다

슬며시 떠진 눈
텅 빈 옆 자리
꿈결에 잠시 다녀간
그대에 홀렸나 보다

그립고 그리워서
꿈에 취했나 보다

누구에게나 있는 우산 스토리

아! 콩닥콩닥
조금만 떨어지자!
소낙비는 그의 옷을 흠뻑 물들인다

아! 심장이 튀어나올 것 같아
조금만 더 떨어지자!
소낙비는 그의 옷을 가만두지 않는다
눈치챈 그녀는 살며시 그의 옆으로 오는데

아! 어떡해
조금만 옆으로 가자!
그 순간 그의 팔짱을 끼는 그녀의 손

'나 오늘부터 1일째인 거야?'
그는 오늘도 김칫국부터 마시는 중이다

거짓 사랑

따뜻한 커피가 당긴다
늘 같은 아침이라
생각했지만 아니었나
그는 상념에 빠져 들었다

거짓을 덧씌운 사랑
겉만 번지르르한 사랑
속이 곪아 터진 사랑
그녀에게 항상 미안했다

가면을 쓴 채 가식을 편 행동
이제는 거짓이 진실을 삼켜버렸다
그는 속으로 다시 한번 다짐한다
생의 마지막 순간엔 꼭 말하리라고
"미안했다."

그대가 행복하다면

그대가 행복해질 수만 있다면
한 발짝 물러설게요
그대가 살아갈 수 있다면
뒤돌아서서 깨끗이 잊을게요

조금은, 아니 많이 힘들겠지요
맨 정신으로 있지 못할 거예요
술에 취해 눈이 붓도록 울지 몰라요
꿈에 취해 그대 이름 부를지 몰라요

대답도 마시고 상대하지 마세요
이별의 대가는 치러야 하니까요
그냥 아픈 채로 내버려 두세요
훌훌 털고 반드시 일어날 테니까요

그녀의 손

집으로 들어가는 그녀 뒷모습
배시시 웃는 그녀 미소가
눈앞에 아른아른 거려
그녀를 좋아하는 걸까

데이트에서 슬그머니 손을 잡으니
화들짝 놀라는 그녀
싫지는 않은 듯 빼지는 않아
하지만 푹푹 찌는 더위로 놓아야 했네

어설픈 솜씨로 내미는 도시락
내 눈엔 셰프의 솜씨로 보일 정도
그녀의 예쁜 손으로 만들어서일까
엄마가 해준 것보다 맛있었다

난 그녀의 손에 푸욱 빠졌나
실없는 웃음이 주체 없이 나오는 밤이다

심장이 아프다고 울어

뇌 속을 헤집어 놓는
감당치 못할 극심한 통증처럼
모른 척하고 싶은 심장의 아픔

억지로 밝게 웃어도 보고
안 해도 되는 말을 해보지만
통증은 쉬이 가시지가 않는다

이제까지 잘 견디어 냈었는데
심장이 자기를 쳐다봐 달라고
서글피도 울어댄다

몸속에 있는 수분이 말라 버리고
심장을 도려내 버리면 괜찮으려나

알고 있었다

알고 있다
그의 마음에 나의 자리가 없다는 것을
알고 있다
그의 마음에 벌써 다른 사람이 있다는 것을

무심코 던지기 시작하는 말에
가슴에 생채기가 나기 시작할 때부터
아무렇지 않게 대하는 너의 행동에
우리의 관계가 어긋나기 시작할 때부터

알고 있었다
손톱의 날카로움에 피가 나기 시작한다
너무나도 꽉 쥔 손에서…
'여기까지… 그만해야겠다.'

그리워하다

단풍이 물들던 그날이 생각난다
보드레한 하얀 손을 가진 그녀
긴 생머리의 그녀는 나에게
갑작스레 이별을 통보했다

이별 뒤의 지독한 아픔으로
시간이 지날수록 그리움은 더해가고
심장의 고통이 더해져서
그리움이 전신을 옥죄어 왔다

다시 그날로 돌아간다면
한 번 더 매달려 볼 것이다
그리움이 파도처럼 너울대는
이 마음보다 매달리는 것이 낫겠다

그대 곁에 있고 싶어

그렇게 울고 매달렸었는데
얼마나 매정하게 돌아서던지
그렇게 옷자락을 꽉 붙들고 잡았건만
얼마나 냉정하게 돌아서던지

지금도 생채기 가득한 가슴에
비수를 확실히 꽂고 가버렸네
그대 곁에 있고 싶었을 뿐인데

매정하게 돌아선 그대
가시는 발걸음 천근만근 같아라
내 마음만이라도 가벼워지고 싶다

다시 사랑할 수 있도록

지금도 너를 떠올리면 아파
아파서 추억 서린 장소는 피해
우연히 가게 되더라도 다시 나와
너를 잊기까지 너무 힘들었어

한데 또 다른 사랑이 찾아왔어
겁이 나서 도망쳤어
상처 받고 잊기 힘들어질까 봐서
하지만 자꾸 관심이 가

난 겁쟁이가 아닌데
헤어 나오지 못할까 봐 무섭고
이별이 두려워 시작할 수 없는 건데
그녀에게 상처 주기도 싫어

어떻게 해야 할까
다시 찾아온 사랑에 선뜻 나서질 못하는
바보 같은 나에게 화가 나

추억하며

그녀는 특유의 향을 지니고 있었다
하늘거리는 웨이브의 머리카락
옆을 지나칠 때 나는 미묘한 향
은연중에 그녀의 향에 취했나 보다

그녀와 헤어지고 난 뒤에도
비슷한 향이라도 나면
은연중에 찾아보게 된다
쌉쌀하면서도 달콤한 향

곱씹으려 한 대를 물어보았지만
폐부를 찌르는 고통에
이내 손에서 놓아버렸다
이걸 어떻게 나 몰래 피웠을까

바보 같은 사랑

널 기억하지만 너는 날
기억 못 하는 바보 같은 사랑
추억을 곱씹고 그리워하고
혼잣말로 '사랑해' 말해본다

진작 해보지 못해 미안해

한 잔의 술이 들어가자
불그스레 꽃물이 피어나고
가슴속에 고이 숨겨놓은
그대 모습도 눈치 없이
불쑥 눈앞을 스치네

아! 이래서 술을 마시는구나
그대의 모습을 떠올리려고
그대와의 추억을 곱씹으려고

좋은 추억만 떠오르면 좋으련만
아쉬운 것들만 떠오를까
예전보다 미련이 더 남아버렸네
미안한 감정이 앞서 눈앞의
술잔이 흐릿하게만 보이네

괜히 마셨나 보다

혼자만의 사랑

바보 같았다
너의 손짓 하나에
행복이라 여긴 내가

바보 같았다
너의 몸짓 하나에
사랑이라 여긴 내가

심장이 어리숙하게
믿어버린 걸
섣부른 나의 착각에
마음을 빼앗겨 버렸다

너를 볼 때마다
뛰는 이 심장을
어떻게 주저앉힐까
이제는 자신이 없다

저를 봐주세요

붙박이지 못해 떠다니는 마음
저 주시면 안 될까요?
여기저기 기웃거리는 마음
저 주시면 안 될까요?

제가 이리 닦고 저리 닦고
반들반들 윤이 나게 해서
제 품으로 안을게요
아무도 건드리지 못하게 할게요

술로 하루하루 방황하시고
못내 그리워 괴로워하실 거라면
그 마음 저로 대신할 순 없을까요?
저를 봐주세요 제발
한 번만이라도 쳐다봐 주세요

동동주와 파전

누가 장마를 습하다 했는가?
누가 장마를 싫다고 했는가?

장맛비의 눅눅하고 꿉꿉함에
고개가 절레절레 이게 하고
동동주에 파전이 생각나는 비 오는 날
상큼 발랄한 향기를 풍기면서 온 그녀

장마의 눅눅한 내음을 날려버리고
상큼하게 다가와서 첫 키스를 해주네
그녀는 장마에 내게 온 첫사랑이다
주룩주룩 빗방울이 바닥을 튕기는 날이면
그녀가 생각이 난다

"여보, 오늘 동동주와 파전 어때?"
첫사랑의 그녀다!

하늘을 보는 이유

그와 헤어진 이후
부쩍 하늘을 자주 쳐다보게 되네요

또르르 맺혀서 떨어지는
눈물을 숨기려고
터져 나오는 울음을 삼키려고
고개를 들게 돼요

불그스레 눈가를 적시는 눈물
눈앞에 떠오르는 그대 모습
모든 것이 나를 힘들게 했어요
그이 또한 나처럼 힘들겠지요

하찮은 사랑이라도
이별 후의 아픔은
누구에게나 가슴에 상처를 남기니까요

눈물의 정화

눈물이 모여 모여
두 손 가득 넘쳐서 흘러
손가락 틈새로 줄줄 새어나가

울어도 울어도
마르질 않은 그녀의 눈물샘
바위틈에서 졸졸 솟아 나오는
새파란 옹달샘과 같아라

그녀의 눈물이 강물을 따라
넓고 푸른 바다에 도착하면
썰물에 쓸려 깊은 바다로 데려갔으면
그녀의 아픔이 깨끗이 정화되기를 바란다

추억하나 상처하나

그대의 향기에 취하듯
눈길이 갔고
그대의 몸짓에 이끌리듯
마음이 갔고
부질없는 사랑을 알면서도
멈출 수가 없었다

곱씹을 추억거리 하나
그대에게 미비할지 모르지만
나에게는 더없이 소중한 추억

추억거리 하나 가슴에 안고
동시에 상처도 하나 늘었다

그렇게 그는 나에게서 멀어져 갔다

이별 영화 한 장면

시끌벅적한 흔하디 흔한 커피전문점
나와 커피를 같이 마시는 이 남자
무슨 말을 꺼낼지 알고 있었다

우물쭈물 자꾸 더듬거리는 이 남자
아까부터 컵만 만지작댄다
목에 가시가 걸린 듯 시원하게 뱉지 못하는 말

난 그 남자의 입으로 듣고 싶다
조용히 기다리고 기다린다
그 남자가 입을 열기를
그리고 입으로 그 말을 내뱉기를

사랑해 그리고 고마워

나의 뒷모습을 보던 그대
항상 나를 바래다주었었다
그런 그가 이별을 선언한다

이제 그가 뒷모습을 보인다
그의 코트 자락을 잡고 싶은데
선뜻 손이 나가질 않는다

고개 숙인 채 눈가만 불그스레
멀어져 가는 그에게 속삭인다
"사랑해. 그리고 고마워."

저만큼 멀어져 가는 그를 보며
손은 못 내밀지만 나의 속내는
그를 꼭 안고 놓지 않고 있었다

낙엽과 아스팔트의 사랑

가을비에 우수수 떨어진다
세찬 바람에 날리고
사람 발길에 밟히고
이리저리 치이는 낙엽

낙엽이 가엾어 눈물 흘리는 아스팔트
뜨거운 열기에 금방 증발해버리지만
낙엽은 알고 있었다
자신을 애틋이 바라보고 있다는 것을

조용하고 평온한 밤이 찾아온다
그들만의 밀어를 나누기 시작한다
미련으로 깍지 끼고 있는 아스팔트
불확실한 자신의 미래를 아는 낙엽

한 계절의 사랑이지만
닿을 수 없는 심연의 고통을 알지만
그들은 해마다 새로운 사랑을 한다

가슴이 운다

새벽의 정적을 깨고
그대 그리워서
잠을 이루지 못하고 있다

눈앞을 스치는 그대 얼굴
만져질 듯 만져지지 않는 그대 손
느껴질 듯 느껴지지 않는 그대 숨결

멍하니 그대를 떠올리며
고통스러운 심장을 움켜쥔다

가시에 찔린듯한 심장의 고통에
가슴이 아프다고 울어댄다
그대 그리워서 가슴이 속울음을 운다

천사 같은 그녀

까르르 까르륵
나의 유머에 탁자를 치면서
깔깔 웃는 그녀
까르르 까르륵
나의 행동에 나의 등을 치며
깔깔 웃는 그녀

나를 쳐다보면서 항상 미소를 짓는다
천사의 미소를 가진 그녀는 예쁘다

가끔 그윽하고 평온한 하늘을 쳐다본다
그녀가 내려온 길이 저기 어디쯤일까
또다시 돌아가는 건 아닐 테지

천국에서 잠시 여행 온 거라면
그녀의 날개를 찾아내서 숨겨야 할까 보다

사랑아

가슴을 활짝 열고 기다려
네가 오기만을
내 가슴은 좁지 않아
널 품을 만큼 넓어

초록의 들판이 영원하지
않다는 것을 알아
심장을 저미는 고통이
있다는 것도 알아

각오했어!
너를 품기로
이번에는 놓치지 않기로
사랑아 다시 한번 더 나에게 와줘

비상(飛上)

한 달에 두세 번 정도 있는 병원 나들이
그녀는 아프다
몸도 마음도…
평생을 약을 먹어야 한다
그녀의 아픔은 타인에게는 무관심이다
자신들의 아픔이 아니니까

한 달에 두 번 정도 있는 동성로 나들이
그녀는 행복하다
맛있는 음식을 먹을 때보다 더…
세상 밖에 나가려는 흥분에 들뜬다
공작새의 날개처럼 예쁘게 꾸미기 시작한다
그 누구보다 더 화려하게 화장을 한다

알에서 깬 새끼가 높이 날 준비를 하고
세상의 이치를 배우려고 한다
이제 그녀가 비상(飛上)할 차례이다

간장계란밥

학창 시절 바쁜 등교 시간에
반찬이 없으면 항상 밥상 위에는
간장과 계란 프라이 그리고 밥
목에 걸려서 넘어가지 않던 간장계란밥
먹기 싫어 꾸역꾸역 먹었던 기억이 난다

지금도 그때 생각이 나서 해 먹지만
그때 먹었던 그 맛이 나질 않는다
목에 걸려서 꾸역꾸역 먹었던
맛이 너무나 없어서 먹기 싫었던
그 간장계란밥

그때보다 계란 프라이도 한 개 더 넣었는데
그때의 그 맛이 아니었다
아마 엄마가 해주지 않아서겠지
눈가만 시큰거리고 목이 메어서 넘어가질 않는다

아버지

힘들 때마다 생각 나는 당신
죽을 것 같던 그날도 난
당신의 울타리에 찾아갔죠
하지만 매몰차게 내쳐지고
울분을 참지 못한 나는
차갑게 뒤돌아섰죠

어느 날 새벽에 걸려 온 당신의 전화
뜬금없는 말씀을 하시는 당신에게
차갑게 툭툭 말을 건네고
그 뒤로 한참 잠을 뒤척였어요

청천벽력 같은 부고 소식
죄책감에 엄마를 못 보겠어요
당신은 가시면 그만이지
나는 어떻게 해야 하나요
무책임하게 가시면 어떡하냐고요

멍하니 장례식장의
당신 사진만 쳐다봅니다
영정 사진 한 장 마련하지도 못하고
옛날 사진으로 대신한 당신의 사진
그러한 당신을 보고 있자니
눈에서 눈물만이 소리 없이 흘러내립니다

원망하고 싶어요 당신을
미워하고 싶어요 당신을
하지만,
사랑한다고 말하고 싶어요 당신에게

살아서 한 번도 내뱉지 못한
말을 하고 싶습니다
"아버지, 사랑합니다."

봄날의 설렘으로 다가와 줄래요? 윤미예

나도 날 모르며 살았습니다.

그리 살다 이제야 깨닫습니다.

글을 끄적이고 타인과 마음 나누는 욕망이

가슴에 있었음을

글을 쓰는 동안 정말 행복했습니다.

글을 읽어주는 당신이 있어 더욱 행복합니다.

일상에 지친 당신

속삭임 가득 비밀의 방으로 초대장을 보냅니다.

instagram : @meeye2323

파랑새야 부탁해

햇살 좋은 나무 아래 기대어 앉아
코 끝 처마 밑 소로록 달리는 바람 따라
여릿한 파스텔 기억너머 아련한 여행을 떠나

꿈속인지 추억인지
알 수 없는 그 속에서 향기에 젖고
옅은 미소 담은 새 깃털 볼을 간지럽히면

부스스한 머릿결을 비벼대며
어릴 적 간직한 하얀 도화지를 꺼내
어디 서랍 속으로 숨었는지 알 수 없던
새하얀 종이

다시금 찾아들고
무얼 그릴까 행복함에 취하는 이 순간

꿈이라도 좋아
이 느낌 간직할 수 있다면

꿈이라도 좋아
꿈이라도…

봄빛 소나타

살랑살랑 봄바람 불어 와
내 마음 간지럽혀요

주홍빛깔 햇살
60도쯤 각도로 날 바라보면
그 따스함에 난 더욱 설레여와요

어쩐지 햇살 건너편 저쪽 어딘가
바알간 진달래 노오란 꽃망울 개나리
살랑살랑 손짓하며
날 유혹하고 있을 듯한 착각이 들어요

나를 홀리는 그대
그대여

그대는 나의 봄
나의 봄바람

설렘 주의보

뱅글뱅글
너로 가득 차 버린 머릿속

꿈나라 가라 재촉하는 별님 윙크도 못 본 채
머릿속엔 뱅글뱅글 태풍주의보

너란 태풍 속
거센 용오름 타고 하늘로 날아올라
간절히 이기고픈 숨바꼭질 술래

이제
숨지 말고 그만 나타나줄래

여름 물가에서 너를 노래해

찰랑찰랑 일렁이는 물가에 앉아
첨벙첨벙 아이처럼 발끝을 흥얼거려

물결소리 리듬되어 음악을 만들고
어느새 그 노래 속에 슬며시 젖어들어

물결 따라 흐르는 목소리,
그 길을 따라
미소가 싱그럽게 미끄럼 타고

반짝이는 물방울
양볼 가득 보석되어 나를 꾸미면

어여쁜 마음 그득 담아 여름 하늘 위에
희망이란 두 글자를 꾹꾹 눌러 써

날 빛나게 하는 여름 친구들과 함께

아침부터 설레잖아

아침결 바람이 살갗에
부드럽게 키스하며 간지럽혀 잠을 깨워

졸린 눈 부비며 배시시 한쪽 눈꺼풀 올리니
하늘끝자락 날 보며 찡긋 윙크하는 햇님
내게 아침녘이 밝았다고 속삭여

몽롱한 눈동자로 눈인사하는 동트는 아침
새가 분주히 지저귀고
첫차가 사람을 나를 준비를 하고

분명 오늘 하루도 맑음일거야

나의 너

침대끝에 걸터앉아 사진첩을 뒤적여

싱그런 봄날
따스한 여름
낭만의 가을
눈부신 겨울
그곳에 자연스레 풍경처럼 어우러진 우리

그날의 기억들이
살며시 배꼽을 간지럽히는 지금 이 순간

순수해진 마음 안고
나 지금 당신에게 다가갈 거야
귀여운 암코양이처럼 살금살금, 살며시 말야

내 안의 당신,
날 기다려 줄 거지?

첫사랑

꿈결인지 현실인지 경계선의 의식 속
공기요정 남실대며 온 몸을 간지럽혀요

하루를 준비하라 재촉하는데
허공 속 당신을 그려 보아요

아침 물안개 따라 저를 스쳐 지나신 건지
햇살 타고 제게 향하신 건지

기다릴게요
굽이굽이 인생길 돌아오느라 늦으신 걸 거야

기다림의 마지막 날
이른 잠을 털어 낼 수 있게
귓가에 속삭여 줘요

달큰달큰 가벼운 입맞춤으로

달내음

촐랑촐랑 별빛 따라 징검다리 만들어
별빛 너머 아련한 그대 그리네

허공에 허우적대는 손길 저 편
그대 온기 느껴져 멈출 수 없는 발걸음

걸음 사이마다 흩뿌려진
저리도록 달콤한 달내음 머금고
마춰돼 버린 이성의 끈

아픈 줄도 모르고 건너고 또 건너나니
새벽녘 사라지는 별빛 징검다리 위
조급해진 이 내 마음

아무것도 모르는 말간 동 터 오르려 하면
아픈 마음 부여잡고 간절히 소망하네
그대 옅은 그림자라도 흘리우길

그대

옅은 그림자 조각이라도.....

눈부신 너

누워 하늘을 본다
물결 위 물빛햇살처럼
하늘 위 벚나무 사이 찰랑이는 반짝임

사라락 사라락 하늘거리며
눈이 부시게 반짝여 댄다
마치 보석이라도 사이사이 박힌 것 마냥

손대면
아찔히 찔려 버릴 듯한 강렬함
반짝임의 뾰족함이 코끝을 통해 가슴으로 파고든다

어느새 다가온 계절의 눈부심
그것은 참으로 강렬하다

마법의 주문

넌 참 좋은 사람 같아
순수하고 따뜻한 마음을 가진 사람일 거야
많이 겪어보진 않았지만 말야

처음에는 그냥 이성에 홀릭돼 그러나 했어
그치만 지금 니 행동 하나하나가
원래 너란 사람에게서 나온 거란 걸 느껴

지금 만나게 된 이유야 어떻든
근본이 착한 사람이란 걸

앞으로 어떤 연결이 이어질진 모르지만
넌 참 좋은 사람임에 분명해

시린 겨울 당신 품으로

후루룩 빠진 머리칼 수챗구멍을 막고
밀려온 그대는 내 가슴을 막습니다

웅크리면 한 주먹인 가벼운 난데
나 하나 담뿍 들어줄 이 이리 없을까

발그레 두 뺨 날 향한 당신 살결에 부벼대고
더 자겠단 투정섞인 어리광을 부려대며
품속으로 파고들고 싶은 오늘입니다

일상속으로 살며시

눈부시게 파릇한 하늘이 활짝 핀
여름날의 퇴근길

상큼한 바람내음이
귓가 머릿결을 어루만지고

이내 난
무의식 속의 널 그리게 돼
수줍은 분홍 꽃내음을 닮은 내 안의 너

눈부신 햇살 가득하면
바람따라 머물러 가는 네 숨결이
오늘따라 더욱 아련하고 따스해

눈물겹도록 눈부신 여름날의 오후
시리도록 뜨겁게 오늘도 널 그려봐

햇님

정수리 냄새마저 사랑스럽다던 너

젖은 머릿결을 따스히 말려주고
촉촉한 눈길로 바라봐 주던 너

내가 소중하단 걸 느끼게 해 주는
너란 사람

날 온기로 감싸 따뜻하게 해주는
넌 나의 햇님인가봐

마중물

내게 향기를 담아 준 사람

향기가 익어오르자
타인에게도 향기가 날아갔나 봐
날 향기롭게 봐
그런 시선이 느껴져

그리고 난 그 향기로움을 흠뻑 전했지

당신은 내가 향기로울 수 있게 하는
마중물이야
고마워
소중해

손 내밀면 닿을 거리에서
영원히 곁에 머물러 줘
언제까지나

설렘

같이 살면 좋겠다
곁에 있게…
그냥 생각

굳이 억지로 루트를 만들지 않아도
자연스레 순간순간
문득 곁이 필요할 때 기댈 수 있음 좋겠단…
그냥 생각

그냥
그들에게 물음하나
물음표

그래서 결혼했니?

봄빛 블루스

날이 흐려도
봄향기 내음을 느낄 수 있어

경쾌하게 또각거리는 나의 발걸음도
봄의 기분을 말해줘

구두 신은 나의 어깨가 위 아래로 선을 그리며
또각또각 리듬을 만들어

봄
날이 흐려도 난 알 수 있어
그 기운을

눈을 감고 한껏 들이마셔봐
네 곁에 다가와 준 봄향기를

꽃바람 타고 온 너

산들산들
무엇이 오는 걸까

맘에 드는 사인펜 하나 휙 집어들어
마음 가는대로 선을 그어

바람결처럼 곡선 만들어지고
난 그 위 나부끼는 이파리를 더해줬지

그 잎 외로워해
이파리 겹쳐 꽃을 만들어

근데 꽃잎이 히마리없이 처량하네
난 색 입히고 꽃잎 덧입혀 색을 섞어줬어

드디어
내 맘에 걸맞는 강렬하고도 화려함이 보여

무엇을 그리고팠나 이제야 들여다보니

내 마음 속 꽃바람 타고 온 너
널 그리고팠나봐

사랑은 블루베리처럼

상콤한 블루베리 한 입 물고
널 음미해

시큼하다 이내 달콤함이 내 입안을 감싸안는
시원상큼한 너

작디 작은 널
한 알 주워 담아 입에 물면
기분이 향기로와

헌데 그거 아니?
너 너무 작잖아

한 번에 많이 집으려 해도
난 손이 작고

어쩔 수 없이 우린

이렇게

조금씩 조금씩

알아가야 하나봐

네가 그립다

빗방울 톡톡 스치울제
감정도 빗방울에 툭 올라타

졸린 눈 부비며 이리 오라는데
기어이 빗물따라 흘러간대

흐르고 흘러
잠이 들 수도 밤을 샐 수도 없는
감성의 바다

수영 못해 허우적대는 날 보더니
구름 속 햇님이 살짝 건져주러 다가오네

햇님 속
밝게 웃는 네 얼굴

그게 보고 싶어
그렇게 밤새 허덕였나봐

낭만자객

모자 질끈 쓰고 향한 밤마실

상콤하니 가벼운 밤공기
날 반기고

산뜻하니 감미로운 커피
날 맞이해

향기로운 음악에 젖어보는 이 밤
그야말로 여름날의 낭만이로다

뜨건 여름도 꽃은 핀다

꽃송이 송글송글 올라오다

지글지글 태우는 태양
가슴 속까지 메말라 가더이

땀구슬 머금고
꽃망울 올라오다

어여삐 애잔히 올라온 너

바람에 날아갈라
빗살에 씻기울라
살뜰살뜰 키워 보련다

부디
나와 함께 가자꾸나

달달한 겨울밤

죽집 들러 설탕 듬뿍 흑임자죽 한 사발로
시린 뱃속 달달히 달래 옆 건물 서점으로 향한다

일전 부탁한 시집 몇 권 저며 들고
차마 못 스친 카운터 위 미니북에 손이 향한다

뻗은 손길 끝 한 구절 읽어내니
마음속도 달달히 달래지누나

그득 담아 무건 어깨 뱃고랑을
나풀나풀 사뿐히 걸어 하늘 바라볼제

주홍빛 상콤한 노을이 내 눈을 달달히 적시운다
오늘은 내가 참 달콤하다

내편이 돼 줄래

감정이 진상이 되는 날이 있어
막 외롭고 우울하고
이런 날이면
온전한 내편 해 줄 누군가가 있었음 좋겠어

싹 움트다

정체는 항상 근처에 있는 것 같아요
저도 그랬거든요 지난여름부터 쭉

근데 그 전에 뿌리내려 둔 정성들이
다시 싹을 틔워주네요

이렇게 책 속에 제 이야기를 속삭이고
속삭인 이야기에 귀 기울여 주는
당신이 생겼거든요

아마 당신도
다시 새싹을 틔우실 수 있을 거예요

시든 줄 알았던 꽃과 열매가
어딘가에 떨궈 준 씨앗이
분명 있을 테니까요

미식가

와사비 뿌린 듯
알싸한 겨울의 아침을 음미해봅니다

맵다하며 얼굴 찡그리는 인파사이
유독 미식가는 그 맛을 즐기기 마련이지요

인생은
매콤한 와사비처럼 코끝을 쏘아대기도 해요
매서운 추위의 그 겨울처럼

그치만 거부한들 겨울이 오지 않겠어요?

이제 우리 알싸한 맛에 덤벼들어
진정한 인생의 미식가가 되어보아요

아침이 밝았어

어두운 밤이 지나
찾아든 밝은 햇살

끝도 없이 이어질 듯
서슬퍼런 어둠이 옥죄어도

잊지 않고 찾아준
너라는 아침

눈물겹도록 환희에 가득한 숨결 머금고
다시금 찾아든 너

놓치지 않게 두 손 깍지 끼고
가슴 가득 담뿍 안아야지

똑!똑!
드디어 아침이 밝았어

햇살 따스한 어느 봄날

나도 아픈데 많지만 말야
너도 아픈데 많나봐
그치?

내가 누구한테 말할 입장은 아닐지 모르지만
사람들 마음이 다 나쁜 건 아니야

말이나 행동에 벽을 쌓고 보지 않아도 돼
모든 사람이 상처 줄 건 아니니까

벽치고 가시 세워 사람마음 보면
오히려 내가 찔리기도 하더라

오늘
뭐가 그리 힘들어
속 아픈데 술 마셨는지 모르지만

내 몸 내가 아껴주고
보듬어서 사랑 듬뿍 주면

햇살 따스한 어느 봄날
내 안에도 사랑의 싹이 터 오를 거야

한잔의 여름

술 대신 시간을 마신다
몇 시간씩 몇 잔의 시간을 마신다

음악을 마신다
출렁이는 음악을 마신다

안주 삼아
반짝이는 여름 한 조각을 깨문다

얼음조각처럼 아삭이고 찬란한
한 여름의 한 조각 베어 물고
계절의 길목에서 낭만을 논한다

찬란한 상처

모진 골짜기 속 꽃이
깊은 향 흘리나니

가슴 아린 그대 마음
괜한 상처는 아니리요

상처 위 옹이로
단단히 여밀제

그대 안에
양귀비 버금가는 향기로움
피어나리요

소소한 일상 이다빈

일상을 좀 더 신선한 시선으로 바라보고 싶었습니다.
일상이 거기서 거기인 터라
제가 접하는 모든 것에
평소보다 더 집중해서 보고,
두 귀를 쫑긋 세워 귀 기울이고,
마음 깊이 느껴보려 노력했습니다.
부디 이 글이 독자들에게
따뜻한 마음을 전해줬으면 좋겠습니다.

instagram : @b_wise_writer

그림자

너무 밝으면 그림자가 붙듯이
당신이 너무 밝아 신이 질투라도 한 듯
당신의 뒤꽁무니로 어둠의 그림자를 보낸다
그 어둠의 자식은 덮칠 기회만 엿보며
당신만 졸졸 쫓아다닌다
당신은 몸서리치며 아무리 도망가도
그 악마 같은 그림자는
사라지지 않아 미칠 노릇이다
그림자를 쫓아내고자 어둠에 들어가니
그제야 그림자가 달아났다
하나 정신 차려보니 그림자보다 더한
사탄의 그늘이 당신을 잠식했다
당신이 너무 아람 하게 빛났나 보오
신의 심보가 이리 뒤틀린 걸 보면

진심

나의 진심이 그대에게 잘 닿았을까요?

온 마음을 다한 내 진심이

한 치의 오해도 없이 온전히

그대에게 전해졌으면 하는 간절한 바람이에요

병원

오늘도 어김없이 초록 문 앞에 서있다
그 문 넘어는 얼음처럼
차곰한 공기만 가득하다
냉랭함에 몸서리를 치며 들어섰다
시큼 퀴퀴한 냄새가 코끝을 옴폭 찔러
나도 모르게 미간이 움츠러든다
이 냄새를 맡은 지도 10년이 됐다
제 집 드나들 듯이 다녔어도,
여전히 이 냄새가 적응이 안 되고,
적응은 커녕 냄새가 더욱 짙어져
속이 매슥거리기까지 한다
이 지긋지긋한 냄새를
몇 해 더 맡자니 생각만 해도
아니,
머릿속에 미리 담고 싶지 않다

하지만,
더 이상 오기 싫어도
건강을 위해서라면

이 냄새 따위는 세차게 떨쳐내야 하는 법
외면하고 싶어도 외면할 수 없는 곳
떼려야 뗄 수 없는 곳
그곳이 이 지긋지긋한 병원이다

광야

끝없이 자리한 드넓은 초원에
횡덩그리 한가운데 서있다
잡초만 듬성듬성한 광야에
나는 점만 하여
나의 존재는 한없이 하찮게 느껴진다
밤이 되면 어찌나 더 외로운지
밤하늘에 별이 빼곡하게 수놓아져
내가 도저히 낄 자리가 없다
하나 그 보잘것없는 존재가
이 광야의 중심이었다
뽐내듯 빛나는 별조차
의기소침하게 서 있는
나의 중심에서 보이는 것이었다
내가 어디에 가든, 어디에 있든
모든 곳이 내 중심에서부터
광활하게 펼쳐져 있었다

거울

꽃단장하려나
무언가 묻었나
외모를 보려나
몸매를 보려나
거울 속에 보이는 그녀는
누군가에겐 예쁘고 멋지게
비치고,
누군가에겐 못나거나 밉게
비칠 터
이렇게 거울은
긍정적이건
부정적이건
왜곡된 실제를 비춰준다
이리 생각하기 나름인 것을

이름

나의 모든 것이 싫었다
0.5mm의 실낱같은 빛줄기조차
그게 얼마나 된다고
가뭄에 콩 나듯,
숨바꼭질을 하듯,
애타게 찾아봐도
꼬리조차 안보이던 그 시절
오죽하면 내 이름이 저주받았나 싶었다
부모님이 사랑을 듬뿍 담아지어 준
하나밖에 없는 내 이름이
끔찍하게 싫었다
내 이름을 버리고 싶었다
그것으로부터 도망가고 싶었다

2,555일의 밤이 지나고
2,556일째가 되던 날
유난히 따뜻했던
햇살을 맞이했을 때

왜 내가 밤만 셌을까
후회 섞인 고개를 내저었다

무엇부터 사랑할까
설레는 고민에
그래, 내 이름.
그것부터 사랑해줘야겠다
이번엔 내 이름을 버리지 않으리라
굳건한 다짐을 했다

음표

뽀오얀 오선지 위에
음표 하나하나 정성껏
곱다리 하게 새겨본다
제각각 그렸지만
어찌 보니 조화를 이룬다
그 조화가 켜켜이 쌓여
악대처럼 줄을 세우고
아름다운 선율을 따라
썩 멋진 곡 하나가 된다
배를 간질이는 설렘에 취해
몸을 들썩이며
경쾌하게 연주해본다

꽃잎

뜨거이 달궈진 풀밭 옆
아스팔트 위에
외로이 떨어져 있는
코스모스 꽃 하나를 주었다
마침, 소원이 하나 있는데
네가 들어주겠니?

긍정으로 먼저 시작할까
부정으로 먼저 시작할까

꽃잎을 하나하나 떼어내며
소원이 이뤄질 것이다
이루어지지 않을 것이다
몇 번 반복하여 세다 보니
이뤄진다고 마지막 꽃잎이
나지막이 속삭이고선
후덥지근한 바람 따라
살랑살랑 날아갔다

회상

이제 막 자리한
눈가 주름 사이사이로
아득한 과거를
아련하게 회상해 본다

다중인격

가족에게는 한없이 어리고
땡깡 부리는 막내딸로,
고등학교 절친 앞에선
만년 10대처럼 까불까불,
성인이 되어서 만난
또래들 앞에선
유쾌하지만 때론 진지하게,
나와 단 둘이 있는 사람 앞에선
어색해지지 않으려
가끔 내가 아닌 듯
횡설수설 헛소리 잔뜩,
모르는 사람 만날 땐
'나 어른이다' 티내며 성숙하게,
예의 없는 사람 앞에선
차갑고 싸늘하게,
누군가는 모순이라 말할지라도
이 모든 모습이
다 나의 진실된 모습이다

속초

서울에서
올림픽대로를 지나
서울 양양 고속도로를 따라
빈틈없이 줄을 잇는
긴 터널을 거치며
속이 뻥 뚫리게 달리다 보면
가평 휴게소에 멈춰
온갖 맛난 주전부리로
심심한 배를 달래 본다
들뜬 마음으로 도착한 속초
절경에 압도되는 설악산에서
청렴한 공기를 마시고
저녁엔 김치가 두둑이 담긴
얼큰한 곰치국을 호로록 먹거나
동명항에 있는 단골집에서
게를 욕심만큼 듬뿍 사서
게판이 되도록
전투적으로 해치운다

흡족한 듯 감출 수 없는
입꼬리는 씰룩씰룩 댄다
볼똑 튀어나온 배를 통통 치며
편의점에서 깔끔하게
스크류바 하나를 사 먹으며
소소한 행복을 만끽한다

변한 사람

곧디 곧았던 사람아
우짜 이리됐노
순하디 순했던 사람아
우짜 이리됐노
밝디 밝았던 사람아
우짜 이리됐노

집순이

에브리데이 집콕 데이
이불 밖은 위험해
심심할 겨를이 어디 있나
무시하지 말게나
집에서도 할 게 많아
누구보다 쉴 틈 없네

봄빛

봄빛 하늘 아래
햇살 가득히

사랑

사랑은 불같아서,
한 번 불이 붙으면 정열적으로
불타오르다가,
불씨가 꺼지면,
뜨뜻미지근한 온도만 남아
결국 조금이라도 따뜻한 온도마저 사라져,
언제 뜨거웠지라는 생각마저 들게끔 한다
사랑이란 이렇게 한낱
일시적인 감정일 뿐이다

아메리카노

아메리카노는 마시는 묘미가 있어
어디서 왔는지에 따라
누가 내리는가에 따라
그 사람의 컨디션에 따라
그 사람의 정성에 따라
탬핑 정도와 각도에 따라
얼마나 넣었는지의 물 양에 따라
똑같은 적 없이 시시각각 다르다
그게 아메리카노의 매력이 아닐까
마치 우리의 인생처럼

가로등

어두움 짙은 밤에
철도 따라 난 길을 걸었다
별자리처럼 놓아진
가로등이 길을 알린다
끝에 있는 가로등 하나가
깜빡깜빡
집에 거의 다 왔다고 알려준다
마치 보디가드같이
묵묵히 길을 밝혀준다

애완식물

조물조물 주무르고
얼굴에 미스트를 뿌리듯
촉촉하게 물로
수분을 듬뿍 채운다
야물딱 야물딱
수분을 머금은 흙뭉치를
반들한 도자기처럼
단단하고 땡글땡글하게
정성껏 빚어준다
흙덩어리 위로
삐죽 빼죽 가시 돋친
파인애플처럼
애교 섞인 풀이 솟아나 있다

잘 빚어진 덩어리에
생명을 불어넣고자
또롱또롱한 눈과
앙증맞은 코를

정성껏 붙여주니
꽤나 귀엽게 보인다

너의 이름을 뭘로 할까?
흠, 어디 보자

너는 몽실몽실하게 생겼으니
앞으로 몽실이라고 불러줄게
부디 쑥쑥 커주렴 몽실아

소파

거실 한가운데
큼지막하게 자리하여
아빠에게
엄마에게
나에게
손님에게
고단한 하루
쉬어가라 다독인다

여름 비

추적추적 새벽부터 비가 내렸다
창문 밖 난간과 빗물이 마주쳐
톡톡 소리를 냈다
곧 후두두 떨어지는
빗물 소리에 집중하다 보니
나도 모르게 스르르 잠이 들었다
아침이 와도
하늘 낮게 내려온 구름과
자욱이 도시를 덮은 안개 때문에
날이 밝아오는 것도 몰랐다
반쯤 감긴 눈을 비비며
이불 밖을 꼬물꼬물 나와
잠깐 산책을 했다
밖은 촉촉한 이슬과
풀내음을 가득 풍기며
내 코끝을 살곰살곰 간질였다
여름을 알리는 비는
그렇게 그칠 줄 모르고 왔다

큰 할무이

초등학교 때 부모님이 바쁘셔서
외증조할머니의 손에 컸다
큰 할무이라고 부르며 많이 따랐다
통탄스럽게도
더 이상 할무이 기억 속엔
아무도 남지 않았다
사실, 가족을 못 알아본지도
십 년이 넘었다
처음에 나를 기억 못 하실 땐
너무나도 마음이 먹먹하고 아팠다
"알츠하이머, 너는 참 잔인한 병이구나"
깊이 원망했다

이제는 기억이 지워진 할무이도 익숙하다
그래도 할무이를 만나면
나를 기억하냐고
항상 의미 없는 간절한 물음을 건넨다
가끔 무의식 가까이에

걸친 기억이 조금은 있으신지
따뜻한 햇살이 가득하던 어느 날에
어렸을 적 내가 안 자면
망태기 할아버지가
잡아간다고 그러셨잖냐고
우리만의 추억을 꺼냈을 때
당신이 언제 그런 소리를 했냐며
장난 섞인 모습으로 웃으셨다

할무이랑 함께하는 시간이
잠깐이라도 멈췄으면 좋겠다는
마음이 들었다
이럴 때면 세월이 참 야속하다는
생각이 든다
지워진 세월만큼이라도
큰 할무이를 오래도록 보고 싶다

장마의 시작

으스스한 먹구름이
잔뜩 드리운 7월 어느 날
물에 쫄딱 젖은 옷처럼
축축하고 늘어진 바람이
세차게 불어온다
빗물 가득 머금은 구름이
당장이라도 토해낼 것처럼
무겁게 내려와 있다

매미

어느덧 매미가 징징 우는 계절이 왔다
귀 기울여 자세히 들어보니
다소 슬피 들린다
갓 태어나서 목 놓아 우는 것일까
자신에게 죽음이 코앞에 있단 걸
직감해서 구슬피 우는 것일까

마치 좀 더 살고 싶다고
발버둥 치며 깡깡 울부짖는 거 같다

일주일

월요일
지루한 일상이 시작된다
참으로 달갑지 않다
화요일
이제 겨우 화요일이네
찌뿌둥 지루하다
수요일
이틀이 마치 2주같이 느껴진다
주말은 언제 오는 걸까?
목요일
드디어! 딱 하루만 더 버티면 된다
참을 수 있다
금요일
아싸리!
내일이 없는 거처럼 놀테다

토요일
순삭.

일요일

순삭.

주말은 어디로 사라진 걸까?

벌써 월요일이네

젠장.

소나무

봄, 여름, 가을, 겨울
사시사철
어느 환경 속에서도
우람하게 곧고
단단한 뿌리를
땅 끝까지 내려
몇백 년을 산 소나무는
당신과 참 닮았다

공허

허망하다
숨통이 끊길 듯하게
노력한 것들이
제자리걸음일 때
공허하다
전력 질주하며
치열하게 산 것이
의미 없어질 때

노을

해가 뉘엿뉘엿
지구 뒤편으로 반쯤 걸쳤다
마지막까지 최선을 다해
장렬히 비추다
안녕 마지막 인사를 하며
태양카락 조차 안 보이게
꽁꽁 숨는다